कविताएँ

यह आकांक्षा समय नहीं

लेखक की अन्य कृतियाँ

कविता-संग्रह

एक दिन लौटेगी लड़की (1989)
अँधेरे में बुद्ध (1996)
थपक थपक दिल थपक थपक (2003)
मैं जब तक आई बाहर (2018)
प्रतिनिधि कविताएँ (2023)

यात्रा-वृत्तान्त

अवाक् (2008)

स्मृति-आख्यान

दिल्ली में उनींदे (2000)
इत्यादि (2019)

निबन्ध

देह की मुँडेर पर (2019)

अनुवाद-सम्पादन

जंगल में झील जागती : हरिभजन सिंह की प्रतिनिधि कविताएँ (1989)
देवदूत की बजाय कुछ भी : ज़्बीग्निएव हेबैर्त की कविताएँ (2022)
तेजस्विनी : अक्का महादेवी के वचन (2023)

यह आकांक्षा समय नहीं

[1997-98 की कविताएँ]

गगन गिल

राजकमल प्रकाशन

पहली बार **राजकमल** से 1998 में प्रकाशित

ISBN : 978-93-6086-538-2

मूल्य : ₹495

पुनर्नवा संस्करण : फरवरी, 2024

प्रकाशक : राजकमल प्रकाशन प्रा. लि.
1-बी, नेताजी सुभाष मार्ग, दरियागंज
नई दिल्ली-110 002

शाखाएँ : अशोक राजपथ, साइंस कॉलेज के सामने, पटना-800 006
पहली मंजिल, दरबारी बिल्डिंग, महात्मा गांधी मार्ग, प्रयागराज-211 001
1, अनमोल सोराबजी सन्तुक लेन, धोबी तलाव, मरीन लाइंस, मुम्बई-400 002
वेबसाइट : www.rajkamalprakashan.com
ई.मेल : info@rajkamalprakashan.com

मुद्रक : यश प्रिंटोग्राफिक्स
नोएडा-201 301 (उत्तर प्रदेश)

YAH AAKANKSHA SAMAY NAHIN
Poems by Gagan Gill

लोसांग के लिए

I will stop, quiet
in the rain of your dream...

—Juan Gelman

One does not kill oneself for the love of a woman. One kills oneself because love, any love, reveals us in our nakedness, misery, vulnerability, nothingness...

—Cesare Pavese

क्रम

दिव्य यदि वह है

आकांक्षा नाच रही है अकेली

Face of springtime,
We will suffer at daybreak...

—Cesare Pavese

दिव्य यदि वह है

इच्छा के सोने-से शर...

—महादेवी

संत देख दौड़ आई
जगत देख रोई...

—मीरा

तुम नहीं होगे तो

तुम नहीं होगे
तो हम नहीं होंगे

हम नहीं होंगे
तो दुनिया नहीं होगी

दुनिया नहीं होगी
तो भिक्षु छोड़ेंगे क्या?

छोड़ा उसने

छोड़ा उसने
एक
एक करके
उन्हें

अब सारी दुनिया
परित्यक्ता है
भिक्षु की

एक भिक्षु के एकान्त में

एक भिक्षु के एकान्त में
कभी-कभी
कुछ भी नहीं

ईश्वर नहीं

वह ख़ुद भी नहीं

दुख उसने

दुख उसने
बहुत दिन हुए
पीछे छोड़ दिये थे

भिक्षु की पीड़ा में
संसार गलता है अब

होना भिक्षु

होना भिक्षु
जैसे होना निर्वासित
ईश्वर के राज्य में

होना निष्कासित
जैसे
ईश्वर के राज्य से

भिक्षु की तंद्रा में

भिक्षु की तंद्रा में
बर्फ़ है
पर्वत है

भिक्षु की तंद्रा में
बचपन है
खेल है
धूप में
बारिश है

तंद्रा में
भिक्षु की
उड़ते सब
कौव्वे हैं

काया से उसकी
भिक्षु-चोला
ग़ायब है

भिक्षु की तंद्रा में

एक वह नहीं

छूते हैं
उसके पाँव
वे सब
एक के बाद
एक

एक वह नहीं छूती

देखती रहती है
सुकुमार त्वचा उनकी

टक-टक

तप से

तप से
धड़ के नीचे उसके
सब
सुन्न ही
सुन्न है

तब क्या
मालूम नहीं उसे

पाँव उसका
सहला रहा है

दूसरा
अपना पाँव?

दिव्य यदि

दिव्य यदि
वह है तो

मैला हो
सकता है क्या

छूने
भर से?

छूना उसे

छूना उसे
उतना भी नहीं

जितना छूते हैं
उसे

हवा
सूर्य
उड़ते आते रज-कण

छूना उसे
असंभव के
व्योम में

जहाँ हो
उसका
केवल
ईश्वर

अनुपस्थित

रुक कर

रुक कर
उसे देखा

रुकते हुए

फिर ले गई
पृथ्वी ही

खींच कर
उसे

जहाँ कहीं भी

सपने में

सपने में
मिली
उससे

गिरी जाकर
कुएँ में

सपने में

अब अगर
मिले
कोई रस्सी

सपने में

तो आए
वह बाहर?

एक शूल

एक शूल
उसके भीतर

एक फूल
उसके भीतर

एक की
पीड़ा है

एक की
चिन्ता है

आज के दिन

आज के दिन
रूप
शून्य है

शून्य है
वेदना

शून्य है
वेदना?

जा कर

प्रतीक्षा करती-करती
सोयी
वह

रोयी
जा कर

दूसरे
जन्म में

फिर सिर

देखा उस मायावी को
फिर रात
सपने में

फिर सिर
सफ़ेद था

सुबह उठने पर

घड़ी जिसकी

प्रतीक्षारत
उसके सिर में

आज के दिन
टाइम-बम एक

घड़ी जिसकी ख़राब थी

बारूद
जिसका

चालू

अँधेरा था

अँधेरा था
दीवार थी

रुलाई थी

खिड़की वह
कहीं
न
थी

जिससे
कूदना था
बाहर

पत्थर की तरह

पत्थर की तरह
डूबती थी
वह

तैरती थी
लकड़ी की तरह

दस दिशाएँ

दस दिशाएँ हैं
तुम्हारी

दस
देवताओं की

दस
तुम्हारी अनुपस्थिति की

दस
उसके शोक की

दस विरह की

उसके एकान्त में

उसके एकान्त में
वह
फेंकती है
कंकर

एक
इच्छा का

बिछोह का
एक

आवाज़ उसकी

आवाज़ उसकी

बाहर निकलता है
काँटा

आख़िर
उसकी आत्मा में से

एक हज़ार एक

एक हज़ार एक
डिब्बियों में बंद
तुम्हारा हृदय

एक हज़ार एक
बोतलों से आई बाहर
उसकी
आकांक्षा

मकड़ी-भर

एक तुम्हारी साँस है
एक उसका
तार है

उसी में
झूलती है
गिरती-
पड़ती है

मकड़ी-भर
आकांक्षा उसकी

तसवीर खींची उसकी

तसवीर खींची
उसकी

काट दीं
रगें सब
आने वाले
दिनों की

उसके
अभाव से

यहाँ

यहाँ घाव है
उसके
न-होने का

यहाँ चिपक जाता है
फ़ाहा
रोने का

यहाँ उघड़ आते हैं रेशे
सफ़ेद-लाल
खुली सड़क पर

यहाँ फिरती है वह
बचाती अपना घाव
दस दिशाओं से

जैसे इतने दिन

जैसे इतने दिन
जी
वह

वैसे सारे दिन
जियेगी

उसके बिना

जियेगी
सारे दिन
वह?

कव्वे*

कोई नहीं रुकेगा।

जितनों को उड़ाओगे, सब चले जाएँगे। बैठ जाएँगे जाकर किसी दूसरे जन्म की शिला पर। फिर से करने लगेंगे तुम्हारी प्रतीक्षा। एक होगा लेकिन जो कहीं नहीं जाएगा। रुके रहने को अदृश्य हो जाएगा वह। तुम्हारे संग लगा रहेगा हर दम। धूप और बारिश में। स्मृति और विस्मृति में। ठंडे बिस्तर में जाओगे तुम और गर्म कर रखी होगी उसने तुम्हारी जगह।

सिर्फ़ किसी-किसी दिन तुम्हें शक होगा। रुक जाओगे तुम अचानक। आकाश के नीचे। बीच पर्वत पर। जैसे कुछ पूछा हो किसी ने।

नहीं, यह स्मृति-पर्वत नहीं है। जो माँगते हैं उत्तर, वह दीखते नहीं हैं।

---

* तब बुद्ध ने एकत्र भिक्षुओं से कहा—"भिक्षुओ, कव्वा उड़ाने में समर्थ पन्द्रह साल से कम उम्र के बच्चे को श्रमण बनाने की अनुमति देता हूँ।"

—विनय पिटक, महावग्ग, महास्कन्धक, 1-3-6।

आकांक्षा नाच रही है अकेली

कर क्षार साँस ने उर का स्वर्ण उड़ाया...

—महादेवी

एत वेदन हय कि फाँकि।
ओरा कि सब छायार पाखि।

—रवीन्द्रनाथ

इतनी वेदना क्या (केवल) छलना है?
वे सभी क्या छाया के पक्षी हैं?

यह भी एक पृथ्वी है

यह भी एक पृथ्वी है
जिस पर वह फिरती है

बर्फ़ की या काँच की?
स्मृति किसमें हिलती है?

पीड़ा है कि मछली है?
साँस किससे चिरती है?

अस्थि है कि मांस है?
आस किसमें घुलती है?

रेशम है कि चिथड़ा है?
पैड़ किसमें अटकी है?

भाप है कि जल है?
सूरत किसकी यह दिखती है?

साँस है कि रुआँस है?
राख किससे झरती है?

कक्षा है कि स्वप्न है?
पृथ्वी किससे छिटकी है?

यहाँ तक पहुँच कर

यहाँ तक पहुँच कर
दो बूँद पानी
बनती है
एक क़तरा प्यास

दो कौर अन्न
अधपेट भूख

अधूरा ठिठका स्वप्न
निद्रा बहुत गाढ़ी

यहाँ तक पहुँच कर
एक करवट आकांक्षा
बनती है
दूसरी करवट बिछोह

डूबते हैं एक पलक
देवगण

दूसरी झपक
भवसागर में

हो जाते हैं
पूर्वजन्म
अगले क्षण सदियाँ सब

सातवाँ क़दम है यह
सातवाँ जन्म
सातवीं आकांक्षा

मिलकर यहीं से
सब रसातल
को
जाते
हैं

ईश्वर देख रहा है तुम्हें

इस समय ईश्वर देख रहा है तुम्हें एक स्वप्न में। उसकी एक आँख में तुम हो, एक में वह। तुम बिछुड़ कैसे गए—ईश्वर देख रहा है सब।

यह एक डरावना सपना है। कई खाइयाँ हैं इसमें। कई अँधेरे—सृष्टि के भी पहले के। *तब तो ये कहीं थे भी नहीं।* ईश्वर सोच रहा है स्वप्न में और देख रहा है तुम्हें लुढ़कते हुए।

तुम स्वयं अभी थोड़ा-सा बाहर हो ईश्वर के स्वप्न के, थोड़ा-सा भीतर। धड़ तक तुम डूबे हो जल में, उसके ऊपर प्यास में। ईश्वर तुम्हें देख रहा है स्वप्न में और उसकी आँख में बन रहा है आँसू एक।

कैसा अश्रु है यह कि बहता जा रहा है पृथ्वी पर? कैसा स्वप्न है उसका कि ख़त्म होने में नहीं आ रहा?

हर प्रेम

हर प्रेम सबसे पहले यही पूछता है, तुम्हारी चौखट तक आकर—क्या तुम मेरे लिए कूद सकते हो खिड़की से नीचे? कर सकते हो क्या तुम छलनी अपना सीना? हर प्रेम पूछता है यही, उड़ सकते हो क्या मेरे साथ, ठूँठ अपने कंधों से?

प्रेम जब आता है तुम्हारी चौखट तक, तो जल्दी चले जाने के लिए नहीं। उसे जाना होता है किसी पर्वत या घाटी की तरफ़। समुद्र या नदी की तरफ़। वह बिना किसी पूर्व-योजना के आ निकलता है तुम्हारे घर की तरफ़, और जानना चाहता है, तुम उसके साथ डूबने चल रहे हो या नहीं।

प्रेम तुम्हें भली-भाँति मरने की पूरी मोहलत देता है।

वह सचमुच

दरवाज़ा भड़भड़ा रहा है
जाने कब से

घंटी बज रही है
फ़ोन की
तुम्हारे ख़ाली कमरे में

वह खड़ी है
तुम्हारी खिड़की के बाहर
पिछले कई दिन-रात से

मँडरा रही है
तुम्हारी सोयी आँखों के पास

देख रही है
निकाल कर
तुम्हारा दिल

रात के इस सन्नाटे में

रोक रही है रास्ता
पकड़ कर तुम्हारा चीवर

मैं तुम्हें जाने नहीं दूँगी
मैं तुम्हें जाने नहीं दूँगी

नहीं
यह
हवा नहीं है

भ्रम नहीं है

वह
सचमुच आन पहुँची है
तुम्हारे एकान्त में

एक कोई जगह है

एक कोई जगह है
पृथ्वी के
अन्तिम छोर से भी आगे

छूट जाती है वहाँ
धरती
बहुत पीछे
पैरों के नीचे से

अर्थहीन हो जाती है वहाँ
चिड़ियों की उड़ान
डूबने वालों की डुबान

सितारे कहीं
होते हैं ज़रूर

दूसरे ग्रहों के प्राणी भी
हो सकता है

देखते हों वहाँ का
समस्त क्रिया-कलाप

जब तुम नहीं होते
वह
जाती है वहाँ
डुबोती है अपना पाँव
अथाह में
जैसे डुबो नहीं
डूब रही हो

प्रेतिनी की तरह
मुड़े होते हैं
उसके पाँव

तुम्हें ढूँढ़ते हुए

कौन था वह?

दिल ने नहीं छोड़ा
लहू साफ़ करना

याद रखा दिमाग़ ने
सन्देश भेजना
शरीर को

आँखें करतीं रहीं
देखने का काम

लगे रहे कान
हर आहट
पकड़ने को

फैलती रही भूख-प्यास
बेरोक
अँतड़ियों में

ओढ़ाती रही चादर
नींद
हताश स्मृति को

कौन था फिर
वह

जिसे लगता रहा
बैठ गया है
सीने में
फफोले की मानिन्द
दिल?

कौन था
तैरता रहा जो
लाश-सा
यथार्थ की
झील पर?

कौन था
जिसने
पूछा नहीं तुमसे
एक भी प्रश्न

स्वप्न तक में

जब तुम नहीं थे?

जब तुम नहीं थे

जब तुम नहीं थे

चिड़ियाँ छोड़ गईं
अपने तिनके
मेरे पास
बिना घर बनाए

झुलसा लिये थे पत्तों ने
अपने चेहरे
इतनी सेवा के बाद

चींटियाँ हो गईं
उचाट
अपने घरों को जातीं

सुबह जो उड़ती थीं
तितलियाँ
मिलने लगीं शाम को
कापियों में बंद

ग़ायब होने लगे
पवित्र ग्रंथों से
अक्षर

जमा होने लगे
सितारे
घर की छत पर
टूट कर

करने लगे चिन्ता
यक्ष गण पितर

भागती रही उम्र
धूप और सफ़ेदी के बीच

टूटने लगी थी
हृदय-रेखा
हथेली के बीचोबीच

कहाँ चले गये थे तुम?

कोई सोच रहा है

कोई सोच रहा है

बंद कर रहा है
खोल रहा है
टेलीफ़ोन की किताब

कोई सोच रहा है

चल पड़ा है
कहीं पृथ्वी के भीतर
एक हल्का-सा स्पंदन

कोई सोच रहा है

बदलने लगी है
आकाश-गंगा
अंतरिक्ष में
अपना रास्ता

विचलित हो गये हैं
मेघ तड़ित वृक्ष

कोई सोच रहा है

भटकती आकांक्षा एक
फिर लगा आई है
समस्त जन्मों का चक्कर

कोई सोच रहा है

गुँजा रहा है
एकान्त का कुआँ
एक ही नाम
बार-बार

बचे कि न बचे

कोई सोच रहा है

एक दिन सब

सब जान लेगी वह
तुम्हारे बारे में
अपने तप से एक दिन

सुन लेगी सब बातें
तुम्हारे चीवर और
देह के बीच

पता चल जाएगा उसे
तुरन्त
किस देश की
कौन सड़क पर
चलते हुए
अभी-अभी काँपा था
तुम्हारा पाँव

कितने बजे थे घड़ी में उस दिन
जब चला था एक

बुलबुला कहीं से
और फूट गया था
आकर
तुम्हारे हृदय में

कितने अंश का कोण
बन रहा था
ज़मीन पर
तुम्हारे हाथ की छाया का
जब आईने के सामने खड़े
धकेला था पीछे
तुमने पीड़ा की लहर को

उससे कुछ भी नहीं छिपेगा
हालाँकि
वह कहीं नहीं होगी

सब मालूम होगा उसे
नींद आने के कितने क्षण बाद
तुम डूब जाते हो
फिर आते हो सतह पर
माँगते बुद्ध से शरण
नीम-बेहोशी में

कोई उसे
बताएगा नहीं

पूछने नहीं जाएगी
वह किसी से

उसकी जान का आतिशी काँच
जल रहा है जो
धू-धू
इतने दिनों से

साफ़ दीखता होगा
उसमें
सब

इस समय तुम्हारे हाथ

इस समय तुम्हारे हाथ
गुँथे हैं
एक दूसरे से

इस समय
तुम्हारे हाथ
भूलने की
कोशिश में हैं

इस समय
गिरा दिया है उन्होंने
काग़ज़ का एक टुकड़ा
जान-बूझ कर
ज़मीन पर

संख्याएँ गड़बड़ा गई हैं
सारी सृष्टि की
इस समय

तुम कहीं
चले जाना चाहते हो
दूर बहुत
इस समय

देख रहे हैं
विस्मित तुम्हें
टेलीफ़ोन के अंक

हवा खींच रही है
तुम्हारे हाथ
अनजान दिशा में

बंद नहीं हो रहीं
तुम्हारी मुट्ठियाँ
इस समय

पहिये ला रहे हैं
तुम्हें
एक ही शहर

दुनिया की
किसी भी चीज़ पर
कोई बस नहीं तुम्हारा
इस समय

सुने जा रही है वह
अपने एकान्त में घंटी

उन अंकों की
जो घुमाये नहीं अभी
तुम्हारी उँगलियों ने

कोई नहीं बचा सकता
तुम दोनों को
इस समय

कोई नहीं रोक सकता
नाखून बढ़ता
तुम्हारी कनिका का

इस समय

मुश्किल दिनों में

पैर अटक जाएँगे
रेल के
अपनी पटरियों में

फँस जाएगा दाना
बचा रखा
चिड़िया के कंठ में
मुश्किल दिनों में

सूख जाएगा पानी
ऊँट के पेट में

रो रही होगी ईंट
अपने पीपल के लिए
जिसे उसमें
उगना था
और नहीं भी

उतारती होगी वह
छिलका
अपने सिर से
कि फट गई थी
रग जो
बह सके
निर्विघ्न

करवट बदलोगे तुम नींद में

पलकें झर जाएँगी
तुम्हें देखने की इच्छा में

उँगलियाँ बन जाएँगी
चींटियाँ
तुम्हारे पैरों पर
चढ़तीं
बिछलतीं

होंठ बन जाएँगे
नन्ही मक्खी नन्हा मच्छर
रखते तुम्हारे कानों पर
अपना पहला स्पर्श

साँस उसकी
करेगी चहल-क़दमी
तुम्हारी सोयी काया में

यों बेखटके
जैसे ख़ाली घर में हो

करवट बदलोगे तुम
नींद में

और तुम्हें कुछ
मालूम न होगा

न यह
कि क्यों भटकते रहते हैं
कुछ प्रेम
इस धरती पर

न यह
कि व्यस्त रहते हैं क्यों
कीट-पतंगे
दिन-रात

तीसरे पहर तुम
उठ बैठोगे
कुछ नींद
कुछ प्यास
कुछ चित्त-भ्रम में

काफ़ी देर
तुम्हें मालूम न होगा

क्यों हिल रही है
सारी सृष्टि
इस पहर

सुबक रहा है कौन
कहाँ?
भीतर
कि बाहर?

यह आकांक्षा समय नहीं

तुम यदि उसे

तुम यदि उसे कहने देते
वह बताती तुम्हें

कैसे बेलती है रोटी
एक स्त्री
दूर किसी घर में
और भरती है मिट्टी
उसके मुँह में

कैसे शब्द बनते हैं
मृत तितलियाँ
कितने महीने
कितने दिन
कितने घंटों की अनकही के बाद

कैसे निचोड़ता है एक कवि
अपना रक्त
अभाव के फफोले पर

कैसे भूल जाती है एक स्त्री
प्रेम में
सारा स्वाभिमान

कैसे वह पार करती रहती है
सोते-जागते एक पुल
जो कहीं नहीं होता

थोड़ा-सा अवकाश यदि
होता उसके पास
वह दिखाती तुम्हें भेद
हर सुबह के जादू का

कैसे बिखरती है
उसकी राख
तुम्हारे घर के बग़ीचे में
और तुम्हें पता नहीं चलता

कैसे धड़कते हैं
उसकी वसीयत के अंग
दूसरों की देह में
और खोज लेते हैं
अपने लिए
कोई दूसरा संसार

कैसे वह फिर भी

बची रहती है
अन्त तक

लिये अपने कन्धों पर
अपना
बेताल

जाते हुए

एक दिन प्रेम आएगा तुम्हारे घर और घर में अन्न न होगा। एक दिन प्रेम आएगा तुम्हारे जीवन में और भर चुके होंगे सब पन्ने। एक दिन प्रेम आएगा तुम्हारे पास और तुम्हें मालूम न होगा, प्रेम है यह।

बदल गया होगा उसका मुख इस जन्म तक आते-आते। थक गया होगा उसका सिर। भर चुकी होगी उसमें उम्र भर की नींद।

जाते हुए प्रेम देखेगा तुम्हें अजीब ख़ाली आँखों से। मृत्यु के क़रीब सपनीली हो जाएँगी उसकी आँखें। और गीली।

यह रहा उसका घर

1

ताश के पत्तों का उसका घर
उसके
सिर
पर

हिलता है उसकी नींद में
जब तब

गिर सकता है
कभी भी

2

ये रहे उसके पंख
उतार दिये थे उसने
बहुत पहले ही

ये रहे पत्थर
जो अभी तक बँधे हैं
ठूँठ उसके कन्धों से

वो रहा आकाश
वो रहा देवदूत आकाश में

वह रही
आकांक्षा उसकी

साथ उड़ने की

3

यह रहा
उसका दरवाज़ा

जो उसने बंद किया
आकांक्षा के मुँह पर

यह रही
उँगली उसकी

दरवाज़े में
भिंची हुई

4

यह रहा उसका घर
ये रही दीवारें

यह रहा उसका रोना
ये रोने की आवाज़ें

हर कमरे में जो
अलग-अलग
सुनती हैं

5

यह रहा उसका सोना
यह रहा उसका हँसना

नींद में
चलता है जो
अनवरत
प्रलाप

अभी कहीं नहीं है

6

ये रहे उसके वृक्ष

ये रहे
यक्ष
बोधिसत्व
उसकी छत पर

यह रहा
तुम्हारा पाँव

उसके पूर्वजन्म से आता हुआ

7

यह रही
बच्ची उसकी
कोई नहीं

पपड़ा गई है
पड़े-पड़े
तसवीर में

यह रहे मंत्र
प्रार्थना-ध्वज के
दरवाज़े पर

बताना तो

यही है वह जन्म
अटक जाता है
जो
कभी-कभी

पूर्व और पुनर्
के बीच?

8

यह रही
उसकी रसोई

यह लोई
आटे की

अधबनी रह गई थी
रोटी
तुम्हारे नाम की

पिछले जन्म में

अभी तक
बन नहीं पाई

9

यह रहा
उसका प्रेम

यह रही
शिला

इसी पर
कूट-कूट
किया उसने कोमल

हृदय का चमड़ा

10

यह रहीं सीढ़ियाँ
तिलिस्मी

ऊपर आती हैं जो
नीचे संसार छोड़

इन्हीं से होता है शुरू
खेल सारा

यहीं पर मिलती है
कभी-कभी
जादूगरनी एक

जितना वह हँसती है
उतना वह रुलाती है
इस घर के देवताओं को

रात भर

तूफ़ानभरी रात होगी और प्रेम भड़भड़ाएगा तुम्हारे हृदय का दरवाज़ा। तूफ़ानभरी रात होगी और प्रेम पुकारेगा तुम्हें हवा के उस पार से। तूफ़ानभरी रात होगी और प्रेम कूद जाएगा खिड़की से बाहर। रात भर तुम्हें नींद में दीखेगा उसके सिर का घाव जबकि प्रेम भीगता होगा तुम्हारे दरवाज़े के बाहर, अपने ही रक्त में।

सुबह तुम आओगे अपने कक्ष से बाहर।

कहीं नहीं होगा प्रेम। न वृक्ष अनार का।

पहला पुल

यह पहला पुल है
कुछ नहीं नीचे
न नदी
न जल
बस रसातल

यह पहला बीज है
कुछ नहीं ऊपर
न मिट्टी
न नमी
बस असम्भव

यह पहला दुख है
शिरा में से
फूटा बाहर
विस्थापित
अस्थि में से

पहला एकान्त है यह
टपक रहा है
बूँद-बूँद
पारा

पहली हैं यह अस्थियाँ
पहली यह रेत

पहली वह स्त्री
पार कर रही है जो पुल

उड़ा ले गई जिसे दूर
बहुत दूर
पहली ही वह आँधी है

यह नहीं
पहला पुल

वह था
आकांक्षा का

उसकी आकांक्षा

उसकी आकांक्षा

झरा हुआ पंख
देवदूत किसी का

अबूझ कोई अक्षर
प्राचीन किसी लिपि का

उसकी आकांक्षा

ठहरा हुआ स्पर्श
रक्त की नदी का

बीच हिचकी के
रोना अटका हुआ

उसकी आकांक्षा

पेट में घुँपा
काँच बोतल का

हाथ में फटता
गोला बारूद का

उसकी आकांक्षा

अनन्त से ठीक पहले
ग़ायब पाँव एक सीढ़ी का

देखना ईश्वर को
पत्थर की आँख का

उसकी आकांक्षा

सड़क पर

अकेला आदमी चला जा रहा है सड़क पर। बुदबुदाता। अकेले आदमी को इस समय कोई परवाह नहीं, कौन उसे देखता है, क्या सोचता है। अकेला आदमी बहा जा रहा है, अपने भीतर की बाढ़ में। उसके आस-पास न अब दीवारें हैं, न कोई दूसरा। इस समय उसकी रफ़्तार इतनी तेज़ है, कि बदहवास है साथ चला आता ईश्वर भी।

लोग समझते हैं, बहुत ही अकेला होगा वह जो इस तरह अपने से बातें कर रहा है। सिर्फ़ उसे मालूम है, वह अकेला नहीं। कि उसके पीछे-पीछे कोई भागा आ रहा है। उसकी बात सुनता।

एक दिन वह जागेगी

एक दिन वह जागेगी और पायताने से उठ कर जा चुका होगा ईश्वर। एक दिन वह जागेगी और सूख चुकी होगी आँख। उतर चुका होगा खुरंड। थम गई होगी पीड़ा।

एक दिन वह झाँकेगी स्वस्थ होकर दर्पण में और भर जाएगी विस्मय से। घाव के बिना ही वहाँ बँधी होगी पट्टी एक।

चोट जिसे लगना होगा, अभी होगी बहुत दूर। *किसी भविष्य में।*

एक दिन तुमसे

एक दिन तुमसे
हत्या हो जाएगी उसकी
स्वप्न में
और तुम उठ बैठोगे
घबरा कर

एक दिन तुम्हारे हाथों पर
चिपका रह जाएगा लहू
और नल बहता होगा
किसी दूसरे जन्म में

एक दिन घबरा कर
बोल जाओगे तुम झूठ
और पटरियाँ उलट देंगी
यात्रियों से भरी रेल

एक दिन तुम जाओगे
पवित्र पर्वत पर अपने

और लिथड़ी मिलेगी
तुम्हारे पैरों में एक चिड़िया

एक दिन तुम झुकाओगे
दर्पण में अपना सिर
और वह वापस लौटा देगा
तुम्हारा मुख

एक दिन तुम पढ़ते होगे
गूढ़ लिपि कोई
और कूद जाएगी पृथ्वी
अपनी कक्षा से बाहर

एक दिन तुम पहुँचोगे
ईश्वर की सभा में
समस्त उत्तरों से लैस होकर
और तुमसे पूछा नहीं जाएगा
एक भी प्रश्न

तुम्हारे लिए
यही
तय करेगा
एक दिन ईश्वर

इस किताब में

इस किताब में
शुरू होने से पहले
दर्ज है हमारा अन्त

इस किताब में
मिलने से पहले ही
हमारा बिछुड़ना तय है

इस किताब में
हमारे नाम के आगे
लगा है विस्मयसूचक!

हम कुछ भी हो सकते हैं यहाँ
शोकाकुल
या आह्लादित

इस किताब को
मालूम हैं सब

भागने के रास्ते

बहुत दूर नहीं जाते वे

इस किताब में
बहुत भारी एक पत्थर है
बदलता रहता है वह
अपनी जगह

कभी वह बन जाता है नीति-वाक्य
कभी विस्मयसूचक चिह्न
कभी हम

> *किसी किसी रात वह*
> *अपने से छिपता है*
> *अकेला तिड़कता है*
> *देख तारों भरा आसमान*

इस किताब में
अँधेरों का कोई ज़िक्र नहीं

न उनींद का
न उम्मीद का

क्योंकि

क्योंकि
उसे नहीं जाना था
तुम्हारे साथ
उसने पोंछ दिए एक दिन
अक्षांश-रेखांश
समस्त पृथ्वी देह से
और भूल गई रास्ते
कहीं लौटने-पहुँचने के

क्योंकि
उसे नहीं खाना था
बैठ कर तुम्हारे पास
उसने मिटा दिया अपना नाम
एक दिन सब दानों से
और जा बैठी
ऊँट के सब्र में

क्योंकि
तुम्हारी छत
होनी थी अलग
किसी दूसरे ग्रह
दूसरे सूर्य के नीचे
उसने खुरच डाली ज़मीन
पैरों तले से
                    और उड़ा दिया चिंदी-चिंदी
                    अपना घर

बुहार दी अपनी साँस
देह से बाहर
एक दिन सड़क पर
                    देह
                    जिसकी छाया
                    नहीं पड़नी थी
                    इस पृथ्वी पर
                    तुम्हारी देह के बराबर

क्योंकि
उसे होना था अनाथ
हर बदली हर दोपहरी में

क्योंकि
उसे भूल जाना था
अपना मुख
बन जाना था काई

और किसी तरह बचना था
एक शिला से चिपक कर
एक रात उसने बिछाई
अँधेरे की चादर
और बैठ गई जाकर

निद्रा-आघात में

चिट्ठी

चिट्ठी खटखटाती है दरवाज़ा बाहर से और तुमसे कुंडी नहीं खुलती अपने एकान्त की। तुम इतने अर्से से बंद हो वहाँ कि ज़ंग लग चुकी है कुंडी में। तुम इतने अर्से से बंद हो वहाँ कि तुम्हें यह भी नहीं मालूम कि तुम भीतर से बंद हो या बाहर से।

चिट्ठी दरवाज़ा खटखटाती है और तुम उसे कहते हो भीतर से—दरवाज़ा खोल लो बाहर से। अव्वल तो चिट्ठी तुम्हारी आवाज़ सुन नहीं पाती। सुन भी लेती है अगर तो उसे सुझाई नहीं पड़ता कि कुंडी कहाँ है। हर हताश चिट्ठी तुम्हें चेतावनी देती कहती है, इसके बाद नहीं आऊँगी। तुम्हारा हर अनुत्तर तुम्हें वहाँ फेंकता है, जहाँ तुम पहले से ही बंद हो।

कोई चिट्ठी तुमसे कभी यह नहीं पूछती, तुम यों बंद कैसे हो गये आख़िर? हर चिट्ठी उम्मीद के लिफ़ाफ़े में बंद है—और लिफ़ाफ़ा फटा हुआ है।

इतना वह ख़तरे में

वह आदमी जो दिख रहा है, दूर शहर में, छाया-सा, वह आदमी जो कर रहा है व्यस्त भाव से सब काम—यहाँ से देखो—किसी का भूला हुआ प्रेम है।

भूला हुआ है या नहीं, यह पता कैसे चलता है? भूला हुआ न हो, तो इतना अक्षुण्ण नहीं दीखता, इतना व्यस्त नहीं दीखता। दीवार इतनी साफ़ नहीं पुती हुई होती। भूला हुआ न हो, तो भूला हुआ रहने में, दिखने में कोई भय नहीं होता।

यहाँ से देखो—जबकि उसके सब काम हो रहे हैं क़ायदे से, मकड़ी सरक रही है उसकी पीठ पर। कुछ भी धकेल सकता है उसे, कभी भी, स्मृति के गड़हे में। इतना है वह ख़तरे में।

तुम्हारे बिन एक दिन

तुम्हारे बिन एक दिन

कभी उँगली हो जाएगी ग़ायब
लिखते हुए हाथ से

कभी निकल जाएगा फेफड़ा एक
दूर साँस लेने को

कभी झर जाएगी एड़ी
चलते-चलते राह में

तुम्हारे बिन एक दिन

कभी दिन होगा
पत्तों के उड़ने का

कभी अदृश्य होते
अंगों का

कभी हो जाएगा समय
पक्षियों के

सामूहिक
आत्म-घात का

तुम्हारे बिन एक दिन

कभी गुम जाएँगे बच्चे
सारी पृथ्वी के

कभी बर्तन हो जाएँगे
बेढब
चाक पर बैठे ईश्वर के

कभी निकलेंगे हिसाब ग़लत
देवदूतों के बही-खाते में

तुम्हारे बिन एक दिन

अभी-अभी तो तुम यहाँ थे
उसी काँटे की नोक पर
जहाँ हम

अभी-अभी तो हुआ था
विस्फोट
*सृष्टि के आरम्भ का**

कहाँ बिछुड़ गए तुम?

---

* 'सृष्टि के आरम्भ में समस्त वस्तुएँ केवल एक बिन्दु पर स्थित थीं'...(भौतिकी का एक सिद्धान्त) **—इतालो काल्विनो** *(कॉस्मीकॉमिक्स)*

सिर्फ़ एक दिन वह स्मृतिहीना

सिर्फ़ एक दिन
वह नहीं सोचेगी
तुम्हारे बारे में

और मछलियाँ भूल जाएँगी
जल के भीतर अपना रास्ता

टँगा रह जाएगा जलता सूर्य
निरुपाय सौरमंडल में

फँस जाएगी समय की नाल
गिर्द अपने ही कंठ के

सिर्फ़ एक दिन
वह स्मृतिहीना
रखेगी अपना दिया
सूर्य और चंद्र के बीच

और चिन्तित हो जाएँगे
आकाश में सप्त-ऋषि

झरने लगेंगे अक्षर
टूट कर लिपियों से

भूल जाएँगे जीव अपने मुख
और दर्पण कहीं न होंगे

सिर्फ़ एक दिन
क्षण भर को उससे
ओझल होगे तुम
दैवी कुहेलिका में

और छा जाएगा अन्धकार
ब्रह्मांड के अन्त तक

घुमड़ने लगेंगे लावे
पृथ्वी के अन्तर में

घोंघे जल उठेंगे
अपने खोल के भीतर
कई मीलों तक

सिर्फ़ एक दिन के
विस्मरण में
नीली पड़ जाएगी यह देह

अपने ही काटे से

तुम कहोगे, रात

तुम कहोगे, रात
और रात हो जाएगी

तुम कहोगे, दिन
और धुल जाएगा दिन

तुम कहोगे, रंग
और उड़ती चली आएँगी
तितलियाँ पृथ्वी-भर की

तुम सोचोगे, प्रेम
और दिगंत खोल देगा
एक इन्द्र-धनुष गुप्त

तुम होगे, संतप्त
और जल जाएगी
उसकी त्वचा
दूसरे शहर में

तुम कहोगे, रात
और झरती चली जाएगी स्मृति
तुम कहोगे, दिन
और रिक्त हो जाएगी पृथ्वी

तुम रहोगे, चुप
और चटक जाएँगी
शिलाएँ चंद्रमा तक

तुम करोगे, अदेखा
और वह जा फँसेगी
अदृश्या
हवा के कंठ में

तुम कहोगे, रात
और बनने लगेगा
आप-ही-आप
रेत में एक घर

तुम कहोगे, दिन
और उघड़ जाएगी यह देह
जरा की कुतरी हुई

आकांक्षा नाच रही है अकेली

आकांक्षा नाच रही है
अकेली
इस सृष्टि में

नहीं कहीं पृथ्वी
उसके
तले पैरों के

न उसे दरकार
किसी पृथ्वी की

आकांक्षा नाच रही है
अकेली
बिना पैरों के
इस सृष्टि में

बिना हाथों के
बिना धड़ के

केवल एक सिर विक्षिप्त लिये
रक्त-रंजित एक मर्म लिये

उसने जगा दिये हैं
देव
तीन लोकों के

आकांक्षा नाच रही है
नृत्य

सृष्टि में
सबसे
एकाकी

देह के भीतर

देह के भीतर
कोई है
तुम्हें पुकारता है

न अपना
न पराया

भटका-भटका सा
कोई है
तुम्हें पुकारता है

देह के भीतर
कोई है
तुम्हें पहचानता है

न मुख से
न वाणी से

पूर्व समय की
किसी छाँह ने उसे
धुँआया है

देह के भीतर
कोई है
सब भेद जानता है
न नींदा
न उनींदा

अपने ही काठ पर
लेटा हुआ
शव अपना

देह के भीतर
कोई है
तुमसे जल माँगता है

क्यों तुम्हें पुकारता है?
क्यों सब जानता है?
क्यों जल माँगता है?

या तुम नहीं हो

अब वह रखती है
तुम्हारे सिरहाने अपना सिर
या तुम नहीं हो
या वह नहीं है

काँच की आँख एक
ढूँढ़ती है तुम को
या तुम नहीं हो
या वह नहीं है

चलते-चलते बदलती है
वह यूँ बुदबुदे में
या तुम नहीं हो
या वह नहीं है

बरसा रहे हैं देवगण
आकाश से पत्थर
या तुम नहीं हो
या वह नहीं है

इस तरह भी रुकती है
कंठ की क्या नाली?
क्या तुम यहीं हो?
क्या वह यहीं है?

चला रहा है कोई आरी
तेज़ बहुत तेज़
सिर की छत पर
क्या तुम नहीं हो?
क्या वह नहीं है?

अब वह लौटती है
अपने न-हुए पैरों से
न तुम कहीं हो
न वह कहीं है

बीत गईं सब
एक-एक करके
घड़ियाँ ईश्वर की
क्यों तुम नहीं हो?
क्यों वह नहीं है?

हम नहीं आए

हम नहीं आए तुम्हारे शहर

दुनिया में
रेलें थीं
यान थे
बैसाखियाँ थीं
बैल थे

हमें नहीं मिला कोई वाहन
हम नहीं आए तुम्हारे शहर

मिल सकता था रस्ते में
भिखारी कोई
चांडाल कोई
देवगण भी शायद

हमने नहीं उठाया लेकिन जोखिम
हम नहीं आए तुम्हारे शहर

डूबता था सूरज
चढ़ता था चाँद
सितारे भी बदलते थे
रोज़ अपनी जगह

हम नहीं हिले मगर खूँटे से

सूखती थी पीड़ा
कभी
सूखते थे आँसू

रहते थे
तुम्हारे बिन हम
अपनी पपड़ी बन

रहा होगा इसमें भी कोई सुख
हम नहीं आए तुम्हारे शहर

हमने नहीं ढकी
तुम्हारी बाँह
सरदी में

हमने नहीं सिला
तुम्हारे मोज़े का छेद

चुभोई नहीं हमने सुई उँगली में
आख़िर तक
हम नहीं आए तुम्हारे शहर

हमने नहीं जाना
किस करवट सोये तुम
जागे किस करवट

कौन स्वप्न
तुम्हारे
खेले
देवदूत कैसे
कहाँ तक गये तुम
नींद में प्यासे

हम नहीं गुज़रे
दूर-दूर तक
तुम्हारी राह से

किसी-किसी रात बस
झरते रहे सिर में
नक्षत्र
गुम-सुम

हम नहीं आए तुम्हारे शहर

हम जो आए तुम्हारे शहर

हम जो आए तुम्हारे शहर
कैसे पहुँचेंगे तुम्हारे घर तक?

रास्ते में नदी होगी
प्यास होगी

कभी प्यास होगी
और नदी न होगी

कभी नदी होगी
और प्यास न होगी

पुल न दीखा जो कहीं दूर तलक
कैसे पहुँचेंगे तुम्हारे घर तक?

रास्ते में दुनिया होगी
डर होगा

कभी दुनिया नहीं
मन अपना ही दुश्मन होगा

लिख रहा होगा कोई
हिसाब हमारा

आँख उससे जो चुरा आ भी गए
कैसे पहुँचेंगे तुम्हारे पास मगर?

रास्ते में धूप होगी
कंकर होंगे

कभी कंकर नहीं
पाँव अपने ही चुभते होंगे

बचा कर ज़ख़्म से ले आए भी
सच-झूठ अगर

तुम्हारे द्वार तक तो आ जाएँगे
कैसे पहुँचेंगे मगर भीतर तक?

थोड़ी-सी उम्मीद चाहिए

थोड़ी-सी उम्मीद चाहिए

जैसे मिट्टी में चमकती
किरण सूर्य की

जैसे पानी में स्वाद
भीगे पत्थर का

जैसे भीगी हुई रेत पर
मछली में तड़पन

थोड़ी-सी उम्मीद चाहिए

जैसे गूँगे के कंठ में
याद आया गीत

जैसे हल्की-सी साँस
सीने में अटकी

जैसे काँच से चिपटे
कीट में लालसा

जैसे नदी की तह में
डूबी हुई प्यास

थोड़ी-सी उम्मीद चाहिए

उसी संग हम

तुम्हारे दिल में एक
छेद है
            वहीं हम रहेंगे

तुम्हारे पाँव में एक
भँवर है
            वहीं हम डूबेंगे

तुम्हारे सिर में एक
अंधड़ है
            वहीं हम उड़ेंगे

बग़ल में तुम्हारी
अकेली एक शाख़ है
            वहीं हम झूलेंगे

उँगली में तुम्हारी
शब्द है जहाँ
            वहीं हम मिटेंगे

कंठ में तुम्हारे
बूँद भर प्यास है
वहीं हम सूखेंगे

आँख में तुम्हारी एक
खारी-सी गाँठ है
वहीं हम पकेंगे

तुम्हारे सीने की
दीवार पर
कभी तुमसे छिप कर
कभी तुम्हें दिख कर
अधूरा एक नाम
वहीं हम लिखेंगे

अपनी देह के एकान्त में
जो तुम हो
नहीं हो
उसी संग हम रहेंगे

तुम्हारे होंगे तारे

तुम्हारे होंगे तारे
तुम्हारा होगा चाँद

उसका न कोई

तुम्हारे होंगे देव सब
तुम्हारे होंगे गण

उसका न कोई

तुम्हारी होगी पृथ्वी
तुम्हारे होंगे पैर

उसका न कोई

तुम्हारा होगा जल
तुम्हारा होगा भव

उसका न कोई

तुम्हारे होंगे हाथ
तुम्हारे ही कपाट

उसका न कोई

तुम्हारी होगी रात
उड़ेंगे कई पंख

उसका न कोई

तुम्हारी होगी आँच
कई उसमें काँच

इतनी सारी शीत में
उसके बस सोई

कितने बरस तुम

कितने बरस तुम भूखे सोये?
कैसे रोयीं आँतें?
कितने बरस उसने खाया भोजन?
कितना ज़हर पचाया?

कितनी दूर तुम गए अकेले?
बच उसके आँचल से?
इतने दिन वह रही धूप में
न ओढ़न न साया

कितने दिन तुमने मन में सोचा
उसे सोती छोड़ के जाना?
इतने दिन उसने सपना देखा
तुम्हें पाया छोड़ के जाते

वह जो गिरता-गिरता पैर था
जाने कहाँ पड़ा?

घिसटता था जकड़ता जाल
हमारे साथ
वही कटा चुपचाप
इस प्रदक्षिणा में

काँटा चीरेगा

काँटा चीरेगा हमारी साँस
तुम्हारे शहर में
और तुम न होगे

धरती खिसकेगी हमारे पाँव से
नींद तक में
और तुम न होगे

रिसेगा शब्द कभी भीड़
कभी बीहड़ में
और तुम न होगे

कभी छाया कभी काया
ढूँढ़ेगी उचाट गुम रस्ते
और तुम न होगे

पलकें जुड़ जाएँगी नमक से

कि स्वप्न से अपने
और तुम न होगे

कभी मछली कभी पीड़ा
कुतरेंगे प्राण अपने
और तुम न होगे

बुदबुदा जल से बिछुड़ेगा
कितनी सतरंगियों में
और तुम न होगे

दुनिया ले जाएगी वापस हमें
उसी शूल पर
और तुम न होगे

प्रेत आएँगे हमारे साथ
बड़ी ही दूर तक
और हम न होंगे

अब वह तुमसे

अब वह तुमसे बिछुड़ती है

पंछी गिर रहे हैं
आकाश से

जल सूख रहा है
जल में

प्यास चुभ रही है
प्यास को

अब वह तुमसे बिछुड़ती है

पँखुरी अलग हो गई है
पँखुरी से

पीड़ा जा फँसी है
धमनी में